KB093516

밤, 비, 뱀

박연준

밤, 비, 뱀

박연준

PIN

022

차례

PIN

022

밤, 비, 뱀

박연준

시

밤의 식물원

1

식물은 물결치는 밤의 머리카락
묶을 수 없다

목 뒤로 들어갔다 나오는 사람

작고 굵은 것을 잉태해,
밤이 말한다
비탈길을 타고 도망가,
뱀이 말한다
모든 것에 스민 후 재빨리 사라지렴,
비가 말한다

2

머리를 바짝 묶어 올린 여자아이
목 뒤로 들어갔다 나온다
그녀의 주변부가 된다
목 뒤로 삐져나온 잔머리카락,
그런 게 되고 싶다 아무렇게나 늘어진,

가느다란 인생
고요의 일부
누워 팔랑이는 것

요 위로 떨어지는
몇 가닥

당신의 무의식

3

시 쓸 때 내 얼굴엔

밤,
비,
뱀이 내리고

층층나무 열한 그루 사이를
옮겨 다니며 숨는 사람

가느다래지느라
서 있을 필요도 없는

밤,
비,
뱀

하염없는 공책

하염없는 공책 한 마리 갖고 싶어

끝장이 없는 것
끝장이 없는 것

몸을 덮을 수 있는 공책이라면 좋지
무덤처럼 보이지 않는 덮개라면 괜찮아

가장 좋은 건 미래가 없는 것

시를 쓰면 시가 달아나는
나풀거리는 경첩이 달린 공책

수수깡으로 사랑을 지은 두 마리 짐승이
부러지는 비애를 먹고 사는 곳

알고 있는 얼굴 위로 빗금을 그으면
틀린 얼굴이 되는

잘생긴 글자들만 잡아먹히고
나만 아름다워지는 곳

끝장이 없는 것
끝장이 달아난 것

당신 재산이 얼마요 누가 물으면
달려가 공책을 들고 와야지
통장처럼, 공책을 내밀어야지
쓸수록 가난해지는 진짜 공책이,
내게 있어요

히스테릭하게 자라는 나무를 뒤집어쓰고
공책 안의 공책 안의 공책 안의
납작 눌린,
어둠이 되겠어요, 말해야지

창밖으로 음소들이 별처럼 뛰어내리고 정확하고
놀란 얼굴로, 상처받은 문장이 사는

하염없는 공책 한 마리

갖고 싶어

말릴 수 없는 것
말릴 수 없는 것

사랑이 직업인 사람이 백수가 되면

어떻게 되나요,

누가 물으면

돌멩이처럼 고요한 답이

뚝

뚝

놓이는 곳

파주, 욕조

단정한 칼을 보면 올라서고 싶다
기운이 없을 땐 서쪽으로 기어간다

반듯하게 생긴 뒤통수를 보면 가르고 싶다
나를 가장 사랑하는 이는 개장수였다

얼굴에서 꽃이 지고 나면 죽은 자국으로 뒤가 그
을었다

뚱뚱한 아이를 보면 데려다 기르고 싶다
물 잔 앞에 서면 오줌을 누고 싶다
요의가,
오직 요의만이 나를 살게 한다
메뉴판을 보면 식욕이 사라진다

물속에서 흩어지는 것들만 주워 먹고
캥거루처럼 뛰어간다

무엇이든,
너무 늦은 저녁

거의 날마다
잠을 눕히지 않고 세워 재운다

식물, 인간

    그는 이 식물원에서 가장 변화무쌍한 존재. 물을 마시고 동물을 뜯어 먹으며 광합성에 실패한다. 그는 움직이면서 파괴되는 병에 걸린 식물. 우주가 그의 병상이다.

숨을 쉬고 있지만, 자꾸 움직여요.

가망이 없어요.

왜 한자리에 머물러 있지 못하는 걸까요?

영영 글러먹었겠죠?

이파리에서 이빨이 돋아나요.

끔찍해라!

어제만 열다섯 개의 이빨이

새로 났어요.

뿌리의 반이 사라지고, 자꾸

발가락이 생겨요.

망측해라!

가지 중 일부는, 돌아오지 않아요.

돌아오지 않아요.

틀렸나 봐요.

그는 이 식물원에서 가장 변화무쌍한 존재. 그가 자란다는 것은 위험이 자란다는 것. 거울을 들고 슬금슬금 밖으로 나가는 그를 향해

실격!

실격!

합창 소리. 환호만으로 깨지는 거울이 있다. 그는 거울 밖에서 거울 안으로 도망가는 존재. 깨지지 않는 걸음걸이. 실패한 항상성의 실패.

탈피 중인 뱀의 노래

나무 아래서 나는 신발을 벗었지

나무 아래서

나는 발가락을 벗고 무릎을 벗고

나무 아래서

나는 허벅지를 벗었지

나무 아래서

허리 아래를 벗고

배꼽을 벗고

나무 아래서

나는 가슴 두 장을 벗고 모가지를 벗고

나무 아래서

나는 머리통마저

벗어버렸네

그러자 나는 홀 나는 겯 나는 강

나는 멀

나는 공

나는 굴

나는 월 나는 쥐 나는 게

나는 별

나는 별

나는 적

나는 메 나는 중 나는 중

나는 억

나는 저

나는 재

나는 목 나는 치

나는 쉬

나는 길

나는 길

나는 길 나는 길
흐르네

나무 아래서

예술은 낳자마자 걸을 수 있는 망아지처럼
태어나는 것 같다*
—은유

사랑은 치마
오토바이는 죽은 체리
사진은 얼린 미래

튤립은 술잔
튤립은 작은 매음굴
튤립은
쥐도 새도 모르게 깨진다

의자는 슬픔,
굳은 슬픔

지붕은 발이 묶인 이방인
연필은 시인의 목발
부러져도 살아나는,

추억은 부활하지 않는 신

당신 얼굴은 착한 바람들의 정거장,
내 사랑을 펄럭이게 하네

은유는 지우면서 열기, 잊으면서 사랑하기, 만지
면서 떨어지기
그리고?

노래는 허공에서 착지

* 존 버거, 『여기, 우리가 만나는 곳』

파주, 잠든 파수꾼

지켜야 할 푸른 요새를 두고
당신은 잔다
성실하기도 하지, 당신의 무책임!

새로 돋은 이파리들에게 이름을 붙여줄까
온종일 해도 끝나지 않겠지
끝나지 않으므로 살 수 있는
미명未明의 날들

들판에서 뛰노는 쥐 떼에게도
이름을 붙여줄까
이름을 부르면 띄엄띄엄
잡힐 수 있도록

태양은 뜨거운 덫,

당신은 태양을 베고 조는데

이파리들아, 이파리들아,
달아나거라

모가지를 친친 묶은 초록 실을 풀어줄까
파수꾼의 오수午睡를 부어줄까

한 가닥 한 가닥 핏줄을 풀고,
이파리들 날아오른다면

나무를 밀치고 동시에, 날아오른다면!

잠든 파수꾼 부르르, 몸을 떨겠지

지키지 못한 것은 꿈속으로 도망간 것

잠이 녹색 파도라면

파도는 은색 잠

산책의 부록

내가 짖으니 나무도 나를 향해 짖는다
너무 익었네,
앞에 가는 사람의 머리통이 후드득 떨어지고
이파리는 앞면을 숨기고 보채다 느닷없이 추락
이건 지나치잖아,
담벼락 너머로 누군가 통화하는 소리

나뭇잎은 또 떨어진다
도둑! 도둑! 도처에 무자비한 도둑놈들,
무엇도 줍지 않고 개가 짖는다 맹렬히
아래에 있는 것은 질겨야 사니까

카페 앞을 지나가는데, 보내려는 자와 보내지는 자가
뜨거운 것을 식히고 있다

용기를 내라, 용기를 내!
하나는 뜨거워지고
하나는 차가워지렴

"당신을 벌목하려고 달려들었을 때,
그때가 아름다웠지"

카페를 향해 개가 짖고 나뭇잎은 또 떨어진다
나무의 숨통을 바깥에다 매단
가벼운 것들의 파동

짖던 개가 작아지고
이미 모든 게 너무, 익었다

의자 열 개가 있는 창가

슬픔이 굳어 의자가 되었다
누가 앉을래?

다리는 네 개 매달리는 상념은 스물
앞을 보고 서 있는 사람이 하나

앉을 수 없다

창밖으로 지나가는 곤줄박이
날아가다 힐끗, 나를 보는
저 눈에다
씨앗을 심어야지

슬픔을 쪽지는,
비녀를 키워야지

누가 슬픔을 깔고 앉을래?

연필을 들자,
의자의 생이 전력으로 달려온다

뒷문 지나 또 뒷문,
우물 안 곰팡이 사이를 비집고
피어나는 것은?
달려오는 것은?

사람들은 이 시를 통해 덜 보거나, 더 보겠지만

먹히면서 웃는 것은 시의 목록으로
가면을 쓰고 달아나는 것은 쓰레받기로

정렬!

자꾸 돌아오는 이별

*

죽은 사람과 죽을 사람이
나란히 걸어간다 손을 잡고

당신 뿌리가 지금, 나를 간지럽혀
당신의 세로와 내 세로 사이, 틈을 비집고
빛이 들어오네

이른 아침
매화, 매취魅醉, 매듭

*

'당신' 이라는 말 속엔 작은 신이 살고,

너무 작아서

당신은 자주 사라지나?

*

죽음은 사월의 산파産婆,

그러니 무엇도 낳지 말자 우리,
사월에는

*

이파리들은 사방에서 웃는데,
당신,

어디 있어?

어디에 있어?

*

투명하게 피어난 손을 잡고 흔들흔들

죽은 사람과
죽을 사람

라일락 핀 담장, 모퉁이에서
우리 헤어질까?

*

빛의 가위질로 단정하게 서 있는 소나무들,
아래를 걸어가는 사람

기린처럼
기린처럼

당신,
어디에 있었어?

자욱한 세월

영원과 풍차

믿을 수 없는 일들이 일어나고 나니 밤이 왔습니다

이불 밑으로 당신이 기어 들어간 후
장례를 지냈지요

무표정한 군인처럼 진군하는 날들

나뭇잎의 뒷면, 그 가느다란 잎맥을 타고
사월의 하복부,
그 아래,
복숭아뼈 밑 까만 점,
그 아래,
작은 문을 열고 들어갔습니다

그곳에서 할 일은 손톱만큼 작은 풍차를 돌리고

돌리기
　　앉아 있기
　　앉은 채로 붕붕 떠 있기
　　이동하지 않고 한자리에서 부유하기
　　돌리고 돌리기

　　가만가만, 손끝으로 작은 풍차를 돌리면,
　　당신은 내가 그저 손가락을 까딱까딱 움직일 뿐
이라고 생각하겠지만

　　영원이라면요
　　영원이, 풍차라면요
　　밤에는 밤이
　　낮에는 낮이
　　차례로 오고

당분간 이곳에 머무르기로 합니다
돌리고 돌리기

그리운 인류,
행렬에 밟힌 개미 떼까지 모조리 지나가고
죽은 이들이 문을 열어 나를 부르고, 머뭇거리다
사라질 때까지

돌리고 돌리기
'잊기로 할까' 누가 속삭이면
별안간 커다래지는
풍차를
돌리면서,

영원이라면요

사랑이 끝나면 재가 되는 책

당신은 깃털이 없다
오후 두 시에는 앉은뱅이가 된다
앉은 채로 이동하는 당신, 목이 짧아진다

어떻게 된 거야, 물어도 대꾸 없는 당신

손바닥 두 장을 얌전히 포갠 채
책장으로 들어가는 당신

한 권의 책은 가득한 바다
누가 천 년 된 은행나무를 끌어안으려 한다

당신은
84쪽과 85쪽 사이에서 울고 있다
183쪽에서 옅게 코를 곤다

다시 시작할까, 문을 두드리면
당신은 사라진다
한가운데를 가르고
들어가도 될까요,
지나가는 책벌레가 물으면
당신은 비명을 지른다

투명한 비명, 간지러운 비명, 먼지로 떠도는 비명

허공에서 떨어지는 당신을, 날름
붉은 혀가 먹어치우고

당신은 사라진 오후가 된다

서가에 수천 권의 기도하는 손,

소원을 수집하는 자의 눈동자에 쌓이는 침묵

파주, 눈사람

여보, 방에 좀 가봐
방에 눈이 내려요
언제부터?
우리가 잠든 시간부터,
지난해부터, 지지난 봄부터,

당신은 성큼성큼 방으로 들어가 커튼을 친다
눈을 숨기려는 듯이

눈이 쌓이면서 발목이 사라지는 것을 본다

고요하고 하염없네?
고요하고 하염없지

눈 쌓인 책상을 지나

눈 덮인 거울을 지나
눈빛이 꺼진 유령들, 허리를 지나

우리는 침실 스위치 옆에 나란히 서서
두 마리, 사랑에 빠진 눈사람

눈 코 입이 사라지는데
서로 속삭인다

녹지 마세요
녹지 마렴.

우리가 가고 나면,
우리가 가고 나면?

죽은 우리 둘이 와서 나란히,
눈 속에 살겠네

촉觸

죽을 때 나는 미끄럼틀 아래에서 죽겠지
너무 기다래서
높이를 가늠할 수 없는 미끄럼틀
뱀의 영혼일지도 몰라 그건
초록이나 갈색인
(뱀의 미끄럼일지도)

나무들은 손 털 것이다
만세를 생각하며

죽을 때 미끄럼틀 아래에서 녹는 건 나
지나간 것들과 조우하겠지
모든 날은 아니고
어떤 날들

나였던 나들이 눈송이처럼 쌓이고

한밤중
누군가 창을 열고 이쪽을 보면
쌓이고 녹고 미끄럽게 죽는 사이
문이 닫히겠지

키스

얼굴에서 얼굴이 사라진다
집을 나간다 발도 없이, 발만 두고
지난 세기 볏짚 위에 떨어지던 빗방울
속으로 들어간다
비가
사라진 얼굴 위를 뛰어다닌다
가슴과 다리, 얼굴 위로
얼굴이 흐른다 한밤중 누군가 뛰어들면
깊어지는 얼굴
고요 속에
발이 하나, 발이 둘, 발이 여러 개
한 겹씩 꿰맨 얼굴 위로
얼굴이 생긴다 얼굴이
달아나며
얼굴을 데려간다

죽음을 산책시키는 여자
—김민정 시인에게

밤이,
고양이 몸으로 지나가요

새벽에 죽은 고양이를 안고 가는 여자는
마음을 다친 사람,
품에 안은 게 고작 죽음이라니!

뻣뻣하게 선 꼬리에 얼굴을 숨기고
죽음을 산책시키는 사람

따라오렴, 이쪽으로

앞을 향하고
옆을 지우고

나를 한 바퀴 돌아보럼

(가끔, 멀쩡한 것들이 따라오기도 하지만)

고양이 꼬리는 밤의 축이다
비와 눈이 한 번씩,
내리다 말고

검은 구두들이 온다
백한 켤레, 우리가 두고 온 구두들

다른 짝을 데려오는
다른 발을 데려오는

뒤를 따르는 구두들

밤의 커튼 같은 달무리를 밟고
산책하는 죽음,
살금 살금 살금

그녀의 발꿈치를 향해
살금 살금 살금

두 조각 사과가 박힌 무릎을 향해
살금 살금 살금

밤의 하녀가 잠들 때까지

눈을 질끈 감고,
고양이는 사과 속으로 뛰어든다

도서관에는 노인이 많다

책은 노인을 잠들게 한다
책은 노인을 떨어뜨린다

얼굴에서 가슴, 가슴에서 허벅지, 허벅지에서 무
의식 위로

떨어지는

책

책은 노인이 되고 싶지 않다
노인은 책이 되고 싶지 않다

책은 노인을 사라지게 한다
사하라 사막, 공자님 말씀, 예술가의 전투 목록

에서

불현듯

가속도가 붙는 시간

책은 노인을 잊는다

멀찍이서 시간의 중력을 관망한다

10년 뒤,

라고 말하면 그는 가난해지고

30년 뒤,

라고 말하면 사라지는

노인이 아닌 이들도 도서관에 오면

반쯤은 노인이 된다

우리를 떨어뜨리는 것은 무엇일까

나는 자라서 노인이 될 거야,
책 속에 장래희망을 적어둔 아이는
노인 아닌 적이 없는 아이

화장실에 들어간 꼬마가 사이렌처럼,
운다

누구에게나 지독한 저녁

누군가 좋아지면 도망가고 싶어요 뒤를 모르는
곳으로
코와 눈만 겨우 가늠할 수 있는 곳으로
아니, 가늠할 수 없는 곳으로

당신과 나 사이 겹벚꽃나무와 층층나무,
봄이라는 모호한 전쟁

당신과 나 사이
건널 수 없는 다리들
전깃줄을 타고 빛으로 갈까요

(((도망)))

가죠,

얼굴이 그물이 되어 얼굴을 낚고,

잡히지 않고 싶어요 말한 후 잡히면,

알게 되는 옥상,

알게 되는 웅덩,

알게 되는 미래,

알게 되는 이름표,

저녁은 흐리멍덩하게 오죠

그게 문제예요

주머니가 없는 사람 당신은

무엇도 담지 못하는 사람

빗방울도 어린 꽃잎도 처음 세상에 내려오는 눈
송이도

당신을 스쳐 가죠

사랑의 앞발이
비밀을 하나둘 거둬 갈 때,
야울야울 타는 저녁 창
야울야울 타는 그림자

견디죠, 누구든 그걸
견딜 거예요

사랑은 죽은 이빨
— 가족의 초상

키 작은 자야
키 작은 자야

사랑이 뭘까?

자 왈ㅂ ; 그게 뭐든 나는 미끄럼틀 아래에서 배
웠네
　내려오는 것들에게 치이고 차이면서

이백칠십만 원을 열 달 동안 갚고,
당신은 새 이빨을 가졌지
튼튼한 사랑,
나를 사용하렴

오래된 이빨이 수군대면 새 이빨은 휘둥그레진다

(쟤들이 우리보다 낫네)

(쟤들이 우리보다 잘해)

우리는 사랑을 주고받았지

네가 준 만큼 돌려주고, 내가 준 만큼 돌려받으며

사랑 같은 건

들고 있기 난감하니까

던지는 거지,

포커 테이블에서처럼

던지며 키우는 거지

사랑 받고, 욕망 더

날씨 받고, 세월 더?

당신,

쥐고 도망가려던 게 뭐였을까

부러진 이 네 조각을 어떻게 했어?
변기 뚜껑 위에 올려두었어.
바보야? 지붕 위로 던져야지.
없었어, 시간도 지붕도.

하긴, 죽는 데도 시간이 필요하니까
아주 많이 필요하니까

때때로 나는
죽은 이와 대화한다
아버지가 '죽은 자의 목록'에 들어간 이후

오랫동안,
내가 이 시간만을 기다려왔다는 걸 알겠다

(아빠는 정말, 부러진 이빨 네 개를 어떻게 했을
까?)

　　찾는다면,
　　그걸 아기처럼 키울 거야
　　자랄 때까지

　　시간과 지붕이
　　없어도

　　없어도

합정역

참새가 편편한 땅을 골라 눕는다
반쯤 눈을 감은 참새가 사라지는 놀이

반원에 잠긴 밤

요구르트를 배달하는 여자가 요구르트색 옷을
입고 지나간다
전동수레 위에 두 발을 올리고
낙엽을 헤치며 흔들흔들,

고양이가 읽다 만 창문 속으로,
참새가 들어간다

작은 참새는 참새의 작은 세계
고양이는 겨우,

살았다

누군가 요구르트를 배달하는 여자를 불러 세우고
아이는 요구르트를 움켜쥔다

외국어로 모국어를 설명하는 일

오늘부터 말을 잃어버리기로 했다
식탁 위에서 변기 위에서
걸어가는 도중에 폴폴폴

나는 가까스로 놓치지 않은 말들을 깨워
체면을 지키라고 명령했다

말들은 화가 나서
밤의 모자 속으로 달아나버렸다

겨울에 죽은 코트 속屬
주머니 속
한두 방울 잉크 속,
숨구멍 속
꽃잎의 가장자리 비스듬한 기울기 속

잠자리 날개 속

세포벽 속

사이다 속

의자 속

사자 속

먹이 속

무의식 속

몸과 의식과 소리가 오징어처럼 구워질 때

나는 '서투름이 우리를 구원하리라'고 적혀 있는
모자를 썼다

얼굴 위로 흐르는 검은 말과 흰말
다리 없이 태어나는

말과 말

이파리가 나무에서 멀어지는 일을
가을이라 부른다

나뒹구는 모든 건 떨어진 것들이지

이파리가 나무에서 멀어지는 일을 가을이라 부
른다

멀어진다는 것은
배 속의 작은 씨앗이 발아한다는 거야
오래전 누군가 심어놨겠지
너의 배 속에 또 나의 배 속에

물의 동자들이 응원했겠지

손 씻고 밤을 지나던 순간에도
우리는 사과 위를 걸었지

먹을 생각도 않고
붉음의 찌꺼기만 나눠 가졌다

나무 아래 있는 나를 그려볼래?
이파리와 함께 벌벌 떠는

내가 가난했을 때,
너는 작게 접은 오만 원을 헝겊으로 감싼 뒤
내 호주머니에 넣어두었지
몰래
비밀을 저금하는 사람처럼
테이블 아래에서 나는 그만 문드러졌단다
네 사랑으로

가을이 온다는 게 뭔지,

아니?

이제 믿을 수 없는 일만 믿기로 한다

배 속 씨앗이 뒤척일 때 씨앗을
틔우면 가짜 씨앗을 잊으면 진짜
아니,
그냥 다 가짜

무엇도 지게 하지 말고 우리,
씨앗
이전으로 가볼까

캥거루

오늘 남편에게 발톱이 못생겼다는 말을 들었다
부끄러웠다

엄밀히 말해서
나는 당신의 속됨에 반했지
발톱을 밝히는 것 말이야

당신의 속됨 안에는 열두 개의 방, 열두 개의 깃털
그중 단 하나의 선禪에 잠긴
깃털이 있지
당신이 혼자가 되면 들어가는 방

자기 안에 깃든 것
아무도 몰라보는 것
그걸 혀로 핥으려고 들어가잖아?

엄밀히 말해서

나는 또 그것에 반했지

혀로 상처를 핥는 일

죽은 파랑 속에 사는 일

이 시간이 재가 된다면

나는 그것을 마시겠어

마시다 얼굴에 묻으면

그 검댕 속으로 짐을 옮기겠어

내 모든,

남은

시간의

짐을

까마귀는 놀라겠지
자신보다 어두운 표정으로 얼굴을 해 입은 날 보고
조류 인간의 탄생,
사랑이 빚은 최후의 인간형을 구경하겠지

쫓기는 토끼야
너는 잘 뛰지만 내 사랑만큼은 아니란다
뒷발이 자라는 속도만큼도 아니지
우리는 시간을 넘어 뒷발을 넘어,
산과 강으로 흘러가고

당신 입술이 화살을 쏘면 내 간이 사라지는
이곳에서,

표류!

표류!

우리는 흐르는 법을 다시 배워야 한다

PIN

022

괴팍한 디제이의 음악 일기

박연준
에세이

괴팍한 디제이의 음악 일기
—hide, 「ROCKET DIVE」

*

봄날 새순을 보고 '하' 입을 벌린다면, 날벌레가 들어가는 것도 모르고 입을 벌리고 서 있다면 병이 난 거다. 나무들의 엉클어진 머리카락, 그 잎잎의 모습이 가락으로 들린다면 중병 든 거다. 목련나무 흰 몽우리, 허공을 뾰족이 찌르고 있는 모습이 음악으로 들린다면, 죽어 다시 태어나는 수밖에 없다. 무엇으로? '하는 수 없이', 시인으로. 내가 '하는 수 없이'라고 쓴 이유는, 시인으로 사는 일이 뭐. 대단히 좋은 일은 아니기 때문이다.

(도망)

*

열두 살 때 내 꿈은 디제이였다. 조곤조곤 이야기한 뒤 근사한 음악을 틀고, 턱을 괴고 있고 싶었다. 세상을 향해, 밤에 깨어 있는 자를 향해, 오래된 벽이나 무너지지 않고 버티는 지붕에게, 병든 자와 건강한 자에게, 사랑이 필요하다고 필요 없다고 외치는 자에게, 말과 음악을 동시에, 보내고 싶었다.

반쯤 꿈이 이루어졌나? 시를 종이에 옮기고, 사람들에게 보이는 일. 디제이의 일과 크게 다르지 않다. 나는 디제이다. 내 시는, 내가 쓰고 당신이 연주하는 음악이다.

*

　내 방에서 음악과 시는 양립할 수 없다. 집중해서 글을 쓸 때는 음악이 불편하다. 음악은 나를 압도하는 옷이다. 음악을 듣다가도 시가 오면, 볼륨을 줄인다. 더 분명하게 시를 느끼면 성급하고 무례하게 음악을 끈다. 집중이 필요한 순간 음악은 방해물이 된다. 너무 크고 또렷하다.

　가령 글을 쓸 때 음악에게 괴팍하게 군다. 긴 글을 집중해 퇴고할 때, 음악을 싫어한다. 산문을 쓸 때도, 산문이 시의 휘장을 두르고 싶어 하면 음악을 끈다. 음악은 아름답지만 종종 내게 배척당한다. 나는 내킬 때만 음악을 귀여워한다. 필요로 하지 않는다. 그건 내가 음악에 무지하기 때문일 수도, 이미 음악이기 때문일 수도.

*

　음악은 시와 같은 채널을 쓰려 한다. 두 개의 음

이 서로 짖겠다고 대들면 피로하다. 나는 시를 선택한다. 시가 내 주파수이기 때문이다. 몰두할수록 소리에 예민해진다. 소리가 싫어 물속으로 들어가고 싶다. 물속에서 계속, 쓰던 것을 쓰고 싶다.

*

토요일 정오에 글을 쓰러 가는 카페가 있다. 작고 조용한 카페다. 배경으로 가사가 없는 서정적 음악이 흘러서 방해 없이 작업에 몰두할 수 있다. 어느 날부터 클래식 기타를 연습하는 사람 둘이 온다. 주인은 아예 오디오를 끄고, 그들이 연습하게 놔둔다. 그들의 연주는 훌륭하다. 좋아하는 손님이 많다.

저들에게 기타를 빼앗고 싶다. 나가라고, 나가서 치라고 소리치고 싶은 걸 참는다. 견디다 견디다, 짐을 챙겨 나온다. 글을 쓸 때, 살아 날뛰는 음악은 나를 미치게 한다. 음악이 내 의지와 상관없이 문장 위를 뛰어다니고, 글자들을 찌그러뜨리고, 아무렇게나 리듬을 바꿔놓는다. 앞으로 가고 있는 말들을 불러 세우고, 자꾸 뒤돌아보게 한다.

　　음악은 공간을 순수한 울림으로 가득 채우려 한다. 그것은 순수한 공간에서 말이 최초의 말처럼 그렇게 들리게 하려는 의도는 아닐까? 종종 음악은 말을 잠재우려고 한다. 말을 잠 속에 붙잡아두려 한다. 말이 태초의 말에 의해 불려내지고, 음악과 말이 태초의 말에 의해 하나로 흡수될 때까지. "음악은 꿈을 꾸면서 비로소 울리기 시작하는 침묵이다."《침묵의 세계》) 그러나 음악은 말을 꿈꾼다. 음악은 말의 언저리를 꿈꾸며, 말을 위해서 꿈꾼다.
　　─막스 피카르트, 『인간과 말』, 봄날의책, 2013, 61-62쪽

　　짐을 챙겨 카페를 나오는데, 내 귀는 상황 파악을 못하고 클래식 기타 곁으로 달려간다. 나는 화가 나 있다. 저 음악이 이겼다.

*

　　스물두 살 때, 동네 슬롯머신 가게에서 아르바이

트를 했다. 믿을지 모르겠지만 들어가 면접을 보고, 집으로 돌아갈 때까지 피시방인 줄 알았다. "피시방 사장님이 내일부터 나와서 일하래" 집에 알리고, 다음 날 출근해서도 정말 피시방인 줄 알았다. 일을 하나씩 배울 때서야 '슬롯머신' 기계가 보였다. 눈썰미가 없고, 어리숙하고, 쓸데없이 순진했다.

저녁 여섯 시부터 새벽 두 시까지 카운터에 앉아 있으면 일당으로 3만 원을 받았다. 손님들이 돈을 많이 잃은 날이면 1, 2만 원씩 더 받기도 했다. 홀에는 세 명의 남자애들이 있었다. 나보다 한 살 어린 L, 나와 같은 나이인 S와 K가 홀을 뛰어다니며 일했다. 기계에서 팡파르가 울리면 "1번 사장님, 나이스! 축하드립니다!" "3번 사장님, 5만 원 경품 드립니다" "8번 사장님, 멋쟁이! 20만 원 경품 올려드립니다"라고 외치며, 손님 테이블에 경품을 올려두는 게 그들의 일이었다. 그들은 소리 높여 손님들을 응원하고(돈을 잃어주기를!), 누가 며칠 전 얼마를 따갔는지 상황을 보고하여 희망을 돋우어주었다. 괜스레 손님 옆에서 춤을 추거나 아부를 하기도 했다.

팁을 받으려고 그러는 거다. 손님들은 오직 한 곳만 바라봤다. 슬롯머신 화면만. 그들에겐 그 화면이 세상의 전부였다. 그들은 나를 성가시게 만든 적도 없다. 내 성姓과는 상관없이 '미스 김'이라 부르며, 경품을 현금으로, 큰돈을 작은 돈으로 바꿔주기만을 바랐다. 착하고 우직한 어른들이었다. 이따금 가게에 들러 "팬티 사줄까?" 능구렁이같이 묻고는 휙 사라지는 사장보다 착한 사람들이었다. 30만 원씩, 40만 원씩 돈을 다 잃으면, 머리를 긁적이며 "내일 다시 올게" 하고 나가거나, "씨팔, 운 되게 없네"라고 자기 운수를 탓하며 일어섰다. 빵집 사장은 부인이 세 번이나 찾아와 끌려 나가기도 했다.

그곳에서 세 달 동안 일하며 남자애들과 친해졌다. 코란도를 애지중지하며 몰고 다니던 K는 자동차 딜러가 꿈이었다. 늘 시시콜콜한 거짓말을 했다. 순전히 '재미' 때문이다. 자기 구두가 80만 원이나 하는 페라가모 거라고 했는데 뻥이었다. 미스코리아 여자친구가 있다고 했는데 뻥이었다. 슬픈 노래를 흥얼거리다 달려와서는 자기 눈물(침)을 보라고 장난치기도 했다. 웃기는 애였다.

K와 친구들이 있는 곳으로 이동하는 날이었다. 둘이 코란도를 타고 새벽 도로를 달렸다. 새벽에 자가용을 타고, 도로를 달리는 일은 당시 내겐 '처음 겪는 일'이었으므로 몹시 신났다. K는 다양한 음악을 알았다. 늘 자기가 좋아하는 음악에 대해 장황한 설명을 늘어놓았다. 그날 차 안에서 K가 들려준 음악은 'X-Japan'의 멤버, 요절한 천재 가수 '히데hide'의 「로켓 다이브ROCKET DIVE」다. 우리는 귀가 찢어질 정도로 음악을 크게 틀고, 소리를 지르며 달렸다. 로켓이 곧 발사될 것 같은 음악. 금방이라도 하늘로 날아오를 것 같았다. 아, 이렇게 음악을 들으며 미친 듯이 달리다 쾅, 부딪쳐 죽어도 좋겠다고 생각했다. 진심으로. K에게 말하자 대번에 자기는 싫다고, "너나 꺼져!" 하고 외쳤다. 우리는 웃었다. 죽음은 시끄러운 노래 가까이 있을지도 모른다. 죽음이 자연스럽게 개입해도 모를 정도로, 시끄러운.

그날 K의 차 안에서 「로켓 다이브」를 세 번 더 들었다. 굳이, 괜찮다고 했는데도, K가 자동차를 한

번에 180도로 회전해 세우는 기술을 보여주었다. 정말, 죽을 뻔했다.

그곳에서 일하며 나는 S와 키스한 적이 있다. 별 사이는 아니었다. 두 형에게 늘 놀림을 당하던 L은 군대에 갔고, 종종 편지를 보내왔다. 자기가 얼마나 힘든지, 많이 울었는지 종이에 떨어진 눈물 자국을 찌그러진 동그라미로 표시해놓았다. 다섯 군데가 넘었던 것 같다. 나는 가끔씩만 답장을 보냈다.

훗날, 공원에서 우연히 S를 만난 적 있다. 삼성전자 에이에스 기사가 되었다고 했다. K는 어떻게 지내는지 모른다. 자동차 딜러가 됐을까? 시간이 지나고 나니 가장 궁금한 게 K다. 유쾌한 K. 어떻게 나이 들었을까? 나는 그 애의 웃는 모습, 떠드는 모습, 욕하는 모습, 춤추는 모습, 노래하는 모습, 자동차를 180도로 회전해 세우는 모습, 히데를 찬양하는 모습, 거짓말하는 모습, 좋아하는 여자와 키스만한 시간 했다고 자랑하는 모습(거짓말인지도 모른다)밖에 모른다.

K의 코란도 안에서 들은 「로켓 다이브」는 음악을 듣다 죽어도 좋겠다고 생각한, 처음이자 마지막 노래다. 이따금 다시 들으면 스물두 살 때로 돌아간 기분이 든다. 누가 나를 꾹 누르면, 로켓처럼 발사될 것 같았던 그때.

그들이 보고 싶다. 책이라곤 한 권도 안 읽는 애들이라 아무도 이 글을 볼 순 없겠지만. 그들은 내가 시인이 되었다 하면 배를 잡고 웃을 것이다. 왜 그런 게 됐어? 물을 것이다.

*

시는 언제나 음악을 향한다. 올라갈지 내려갈지 결정하지 못한 채, 음표들은 달린다. 내 시들은 뒤에서 음표가 따라오는 것을 싫어하고, 또 즐기고, 짜증 내다가, 당신 앞에서 합쳐진다. 나는 그것을 바깥에서 지켜보며 즐거워한다. 때로 불편해한다.

시를 쓸 때는 노력하지 않는다. 그냥 내가 된다. 꼭 맞는 옷을 입고, 혹은 벗고, 섹스하는 것 같다.

*

　베토벤의 음악은 말처럼 달려온다. 언제나. 그의 음악은 흐르는 것을 넘어서다. 언제나, 나는 베토벤의 손끝에서 탄생한, 괴팍한 영혼의 가장자리를 찢고 튀어나오는 선율을 사랑한다.

　15년 전, 고시원에서 두 달간 산 적이 있다. 그곳에서 베토벤의 「템페스트」를 들었다. 그때 우는 게 뭔지 알았다. 운다는 건 달린다는 거구나. 없는 말을 타고, 흐느끼며 달리는 거구나. 영혼이 갈라지는 것을 느끼며 신나게 달리는 일이구나.

　음악은 시보다 강렬하다. 그건 뒤바뀔 수 없는 선율이며 선고이기 때문이다. 시가 사형선고라면 음악은 사형집행이다. 바꿀 수 없다.

*

　40일 동안 호주에 있을 때 나는 경미하게 향수를 앓았다. 즐겁게 지내다가도 시드니 교외에 어둠이 내리면, 기분이 가라앉았다. 그럴 때 더 멜랑콜리를 느끼고 싶어서 음악을 듣거나 와인을 마셨다. 둘 다 쉽게 취하게 했다. 음악이 더했다. 언제나 음악이 더했다. 향수를 앓는 자에게 음악은 마약성 진통제다. 환각에 빠져 슬픈 사람은 더 슬프게, 기쁜 사람은 더 기쁘게 한다.

*

한밤중에 듣는 음악은 '불안'을 싣고 달리는 트럭이다.

조심하지 않으면 치일 수 있다.

밤, 비, 뱀

지은이 박연준
펴낸이 김영정

초판 1쇄 펴낸날 2019년 8월 31일
초판 2쇄 펴낸날 2020년 1월 28일

펴낸곳 (주) 현대문학
등록번호 제1-452호
주소 06532 서울시 서초구 신반포로 321(잠원동, 미래엔)
전화 02-2017-0280
팩스 02-516-5433
홈페이지 www.hdmh.co.kr

ⓒ 2019, 박연준

ISBN 978-89-7275-117-5 04810
      978-89-7275-113-7 (세트)

＊ 책값은 뒤표지에 있습니다.
＊ 이 도서의 국립중앙도서관 출판예정도서목록(CIP)은 서지정보유통지
  원시스템 홈페이지(http://seoji.nl.go.kr)와 국가자료종합목록 구축시
  스템(http://kolis-net.nl.go.kr)에서 이용하실 수 있습니다.
  (CIP제어번호: CIP2019031280)